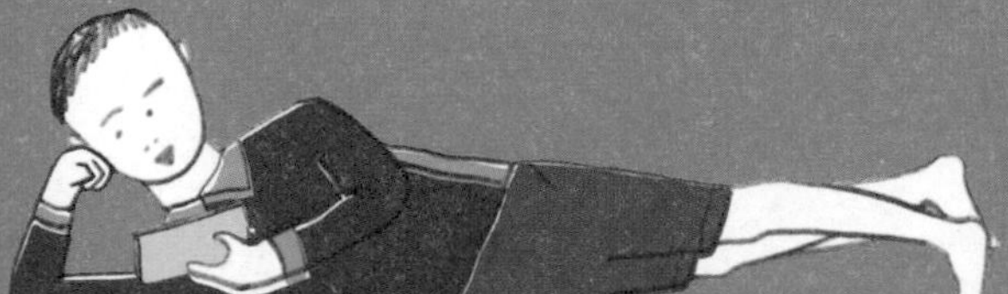

改變孩子未來的
思考閱讀系列③

어린이 행복 수업-뭐? 공부가 재미있다고?

小學生的
自我學習
教室

朴賢姬 박현희 ——文 朴柾銀 박정은——圖
劉小妮——譯

第一章 可以一直玩，不要學習嗎？

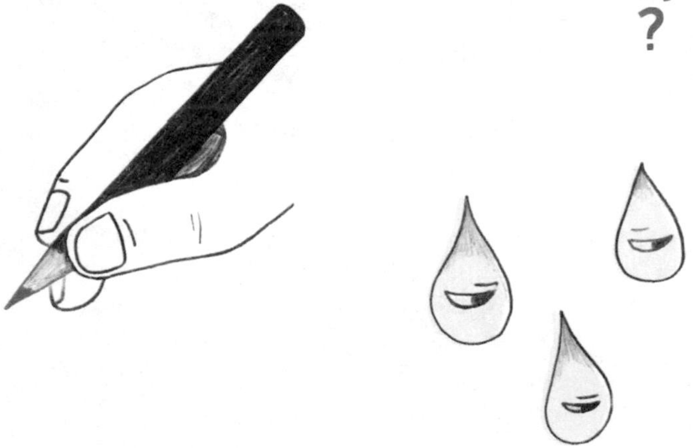

第二章 為什麼會有考試？

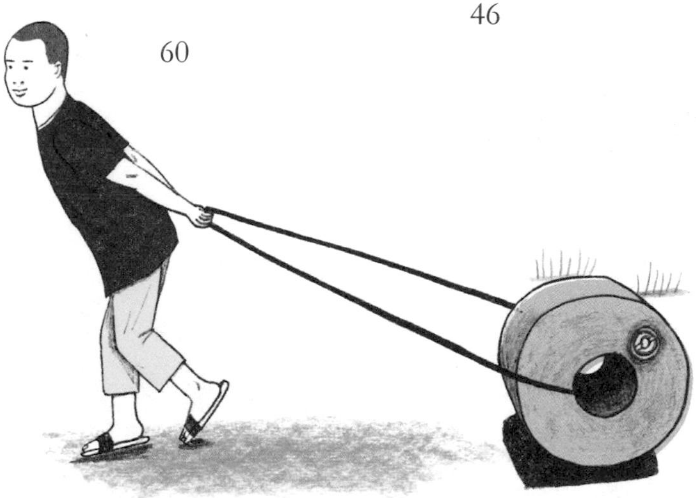

第三章 如何讓大腦愛上學習？

第四章 為什麼要一直學習呢？

第五章 學習是強大的力量

第六章 學習有不同的方法

第七章 打開美好人生的鑰匙

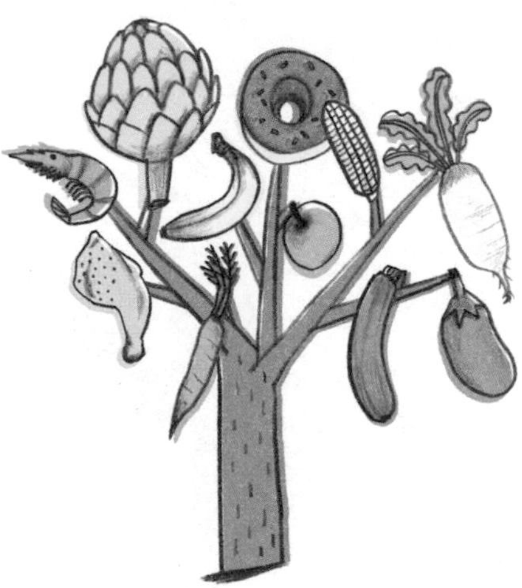

NOTE

第一章

可以一直玩，不要學習嗎？

有誰不想要好的成績嗎？可是，為什麼我們會這麼討厭學習呢？想要好的成績，跟討厭學習這兩件事，真的沒有辦法同時解決嗎？難道沒有可以盡情玩遊戲，又可以開心學習的方法嗎？

偷玩電動被發現了！

小旻正在玩電動遊戲的時候，聽到大門打開的聲音。平時，他根本不會去在意這個聲音，可是，今天這個聲音好危險！

小旻趕緊關掉電腦，裝作什麼事情也沒發生：「媽媽，妳今天怎麼提前回來了？」媽媽平常都是晚上七點才回到家，現在還不到六點！

「今天出差，所以結束就直接回家了。」媽媽邊脫鞋子邊說：「你肚子很餓了吧？我今天提早下班，晚餐來煮點好吃的東西吧！」

小旻根本無法聽清楚媽媽在講什麼？因為他的心臟正怦怦的亂跳，肚子也感到隱隱作痛。

「小旻，你的臉色不太對勁，發生什麼事了嗎？」媽媽邊說邊看小旻的臉，突然反應過來，大叫：「小旻！你是不是又玩電動遊戲了？」

「我沒有！」小旻慌亂的回答。

媽媽看了小旻的表情，然後用手去摸電腦主

機，還熱熱的！應該是剛關機。

「小旻，不是說了平常不可以打電動遊戲，你為什麼不聽話呢？如果你能把玩遊戲的一半時間用在學習，該有多好？」媽

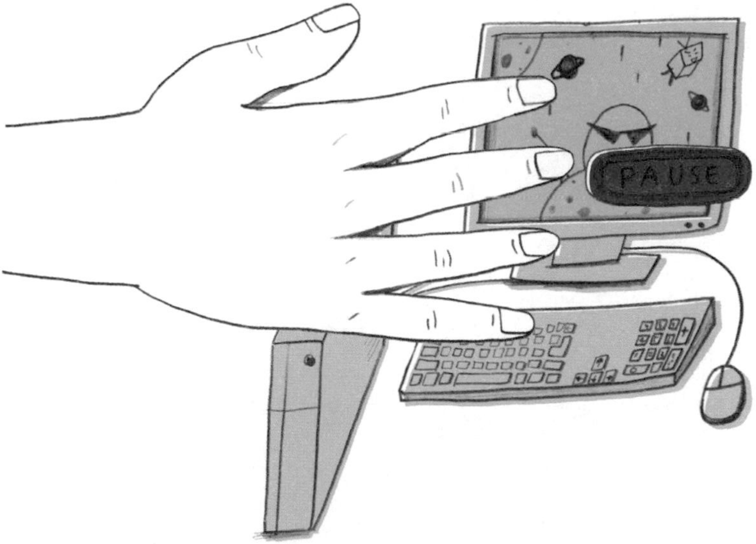

媽露出失望的表情。

小旻也很難受，因為他跟媽媽約好只能在週末的時間玩遊戲，他不想當一個說得到、做不到的人，可是……他也不想對媽媽說謊。

他不知道自己為什麼會這樣？可是，遊戲很好玩，讀書好無聊啊！難道這個世界不能靠玩遊戲生存嗎？為什麼非要學習不可？

電動遊戲為什麼這麼好玩？

這個世界上有很多有趣的事，玩電動遊戲只是其中一件，電動遊戲為什麼會這麼好玩？因為它好像不需要特別努力，就可以從中獲得快樂。

但玩遊戲真的不用付出「努力」嗎？想要把遊戲玩好，其實是要付出代價的，包括時間和精力。不論是白天還是晚上；不論是刮風還是下雨，只要打開電腦，就可以盡情玩遊戲。而且一個人玩電動遊戲的時候，不需要配合其他人，也不用擔心別人的情緒，或是他們在想什麼。

玩電動遊戲也很簡單，只要盯著畫面，然後跟著操作，慢慢的就會上手，還有一點很重要！那就是電動遊戲很有趣，只要付出努力，你的實力就會提高。遊戲分數和等級也會跟著提升，因此，特別容易沉迷。

仔細觀察那些熱衷於遊戲的人，你會發現：

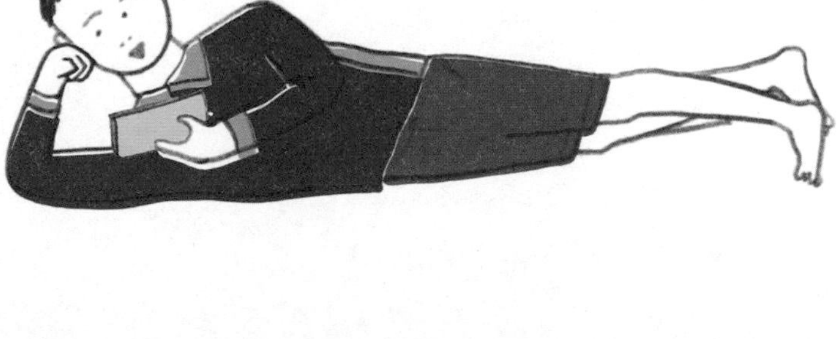

一、即使沒有人督促，或是有人阻擋，也會想玩。

二、為了表現得更好，還會主動去研究、找資料，不管是問朋友還是自己搜尋，都會多方嘗試。

三、即使已經得心應手，

也不會感到滿足，會一直努力持續下去。

看到這些共同點，大家有什麼特別的想法呢？

對，沒錯！那就是不論做什麼事情，只要態度主動積極，一定都可以做得很好。玩電動是這樣，學習也是如此。

學習能跟遊戲一樣有趣嗎？

即使沒有人要求，也會自動自發的研究，並且認真去做，堅持下去。那麼，不管做什麼事都會變得很棒！學習也是這樣吧？

沒錯，只要能這樣做的話，就可以學習得很好。

準備好了嗎？像玩遊戲一樣，大家來努力讀書！

說到這裡，一定有人開始在抗議了吧？

我當然知道學習是件很嚴肅的事情。在玩遊戲時，如果要做到剛剛說的三點，一點也不難，應該說玩遊戲時，只要享樂就好了，可是，學習並非如此。

為什麼玩遊戲的時候，只要好好的努力研究，就可以玩得很好，易如反掌，讀書卻不行呢？有很大的原因，就在於熱情的差異。

玩遊戲的時候，你會想著要怎麼樣才能玩得更好，同時也會想提高級別，還有得到更高的分數，在玩遊戲的時候，我們的內心充滿渴望。嗯？你覺得我又說錯了？你說你也有想要把課業學好的渴望，只是那種程度比遊戲少一點。

所謂的「渴望」，是你知道你自己想要什麼，而且，滿腔熱血的想要完成它。

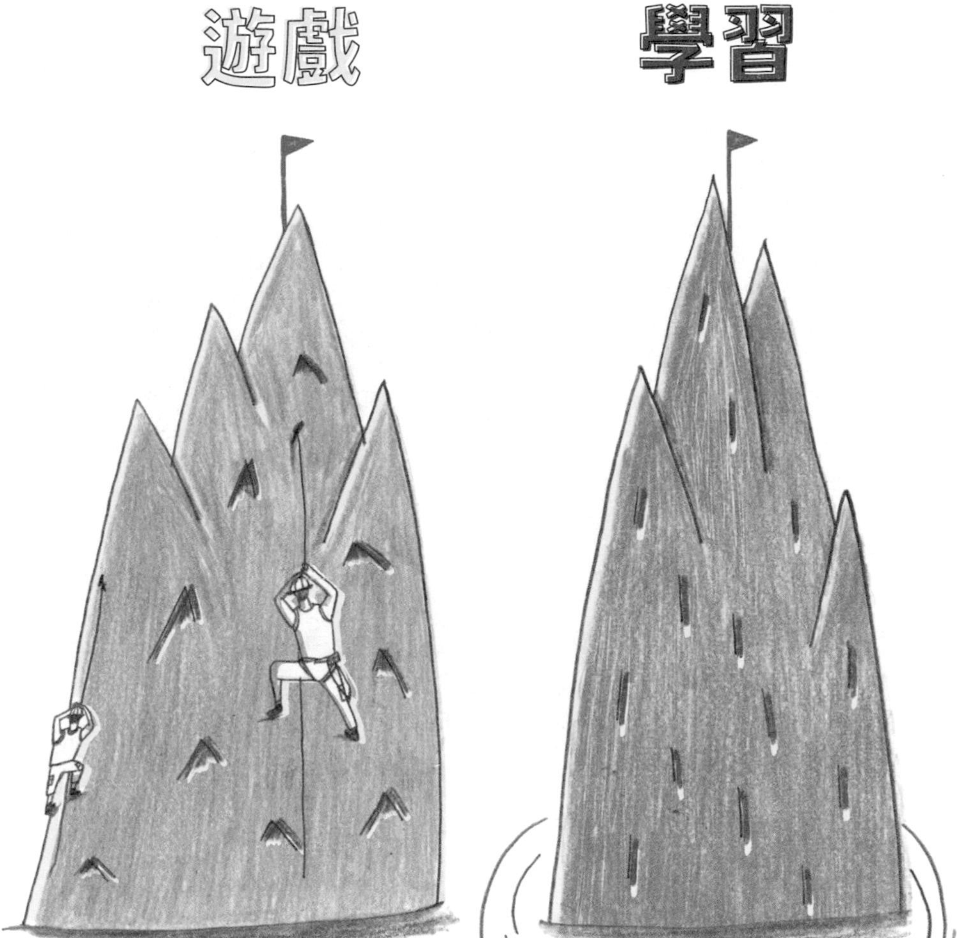
遊戲
學習

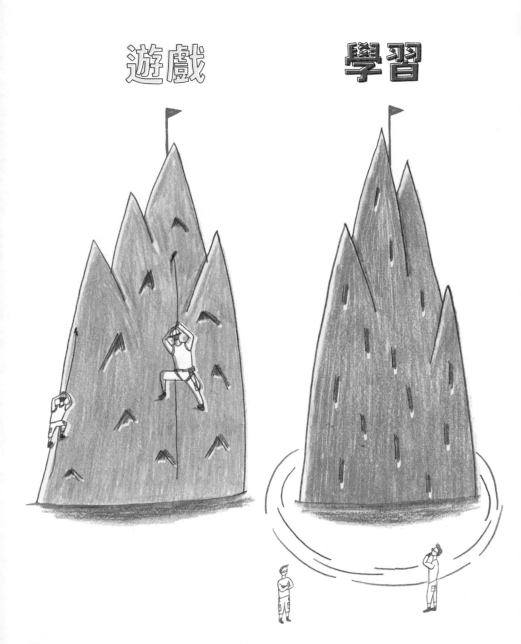

當我們希望可以把遊戲玩得很厲害時，應該不是只想著要把遊戲玩得很好這一點，而是會具體的知道要穿過那些障礙？想要拿到那個寶物？想要玩到那種等級？這才是真正的渴望。

你想要好好學習，可是，你有這樣具體的渴望嗎？你有一定要解答出來的數學習題，還是只有茫然的想要考取好分數呢？

學習也是一種樂趣？

如果是對於學習抱持熱情，並且擁有具體渴望的人，即使沒有人要求，也會努力學習。

不過，大家也都知道沒有人要求就去讀書的人，比起那些沒有人要求也會努力去

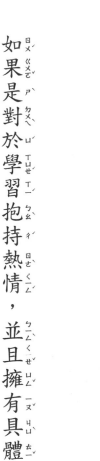

玩遊戲的人少很多，而且非常少。為什麼會這樣？很多人可能會說，因為讀書很無聊，而玩遊戲很有趣！

真的是這樣嗎？這句話對一些人來說或許是正確的，但對於其他人而言可能

不是這麼一回事。

當我們沉迷電動遊戲時，會覺得所有的人都認為電動遊戲非常有趣，但仔細觀察的話，並非如此。

喜歡足球的人，會覺得足球很有趣，電動遊戲自然就會被排在足球的後面。喜歡漫畫的朋友呢？則會覺得看漫畫比電動遊戲更好玩。

這個世界上存在許多有趣的事，對於感興趣的人來說，都是理所當然。像是發現萬有引力的科學家牛頓，有一次為了吃雞蛋而先煮水，同時，他還繼續專注地進行實驗。等到水煮滾時，他就把「雞蛋」放入水中。

這時候，他的助手走了進來，打開鍋子一看，嚇得大叫：「老師，你在煮懷錶嗎？」原來牛頓太專

心研究，放錯了！世上也有人著迷學習，其他事通通不管呢！

忘記搬家的貝多芬

有一次，貝多芬坐上載著行李的馬車前往新家，突然腦海中浮現出一首旋律，他立刻跳下馬車撰寫樂譜，直到半夜才走路回家。可是，他不是走去新家，而是回到了舊家。原來專注於作曲的貝多芬，把自己搬家的事情，忘得一乾二淨了！

找到喜歡的事情很重要

那麼，每個人都只做自己喜歡的事，然後生存下去不行嗎？像牛頓那麼喜歡學習的人就去學習，像小昊那樣喜歡電動遊戲的人，去玩電動遊戲不就好了？可以做自己喜歡的事，不是很棒嗎？

不過，只是喜歡還不夠。

非常喜歡看漫畫的人，在看完所有的漫畫書之後，就能夠靠「漫畫」這件事生存下去嗎？當然有可能成為漫畫家、漫畫評論家，或是成為出租漫畫的店家。可是，這些都不是只靠著看漫畫書這件事就可以做到的。想要成為漫畫家，首先要看過許多漫畫書，但這樣還不夠。只看漫

畫，沒有去培養創造故事、畫畫、設定台詞等能力也不行。只是常常玩電動遊戲並無法成為遊戲開發者或電腦專家；非常喜歡看足球，也不一定能成為足球選手或是足球的評論解說員。

如果想要做自己喜歡的事情，並以此維生。就必須培養喜歡的事情以外的能力，而這些不同的能力就包含了學習。

把學習當成遊戲，可能嗎？

在遊戲中，可以設定自己的角色，並且表現出符合角色行為的遊戲，稱為「角色扮演遊戲」，像是《星海爭霸》、《天堂系列》等。其中最具代表的角色扮演遊戲是《創世紀（Ultima）》，這款遊戲是根據托爾金的小說《魔戒》開發出來的遊戲。

托爾金以北歐有趣神祕的神話為基礎，寫出《魔戒》這本小說，吸引了無數讀者，包括電影導演以及遊戲開發者。電影導演把《魔戒》拍成了電影，而遊戲開發者得到靈感，推出《創世紀》電玩遊戲，並陸續開發了一系列，參與的

我們也跟著遊戲一起成長。

世上有人只是每天單純過著重複且無聊的日子，也有人獲得巨大的成功，造成差異的原因之一就是「故事」。成功的人擁有創造故事的能力。不過，迷人有趣的故事無法憑空產生，而是需要先讀過無數的故事，持續在腦中累積，然後把它們融會貫通，再創造出全新的故事。

NOTE

第二章

為什麼會有考試？

有人喜歡考試嗎？如果有的話請舉手。大家應該都討厭考試吧？到底是誰創造了它？是不是有想要折磨小孩的人，故意想出這麼不討人喜歡的點子呢？

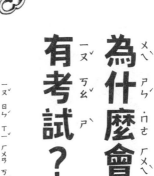

我討厭學習！

「智慧啊！還有兩天就要考試了，妳不讀書還在做什麼？」媽媽下班回家後，看到智慧正在看電視，忍不住嘮叨了幾句。

原本打算看完這個節目就要去讀書的智慧，被媽媽責罵後，心裡雖然不舒服，但還是乖乖站起身，回到房間，開始坐在書桌前寫數學題目。只是才寫到第二題，她突然想起今天在學校跟秀秀聊起考

完試要去哪裡玩？心思瞬間就飄走了，她在心裡想著：「要去哪裡比較好呢？遊樂園嗎？但那裡會不會太貴了？還是就在家附近吃雞排，然後請她來家裡玩？不知道小珍考試結束後要做什麼？會不會也想跟我們一起玩？不過要先問一下秀秀吧？」

智慧就這樣接二連三地聯想下去。想到秀秀，她突然又想起上次跟秀秀借的漫畫書。

「漫畫書放哪裡呢？我明天要拿去還她。」

於是，智慧在另外一個背包找出那本漫畫書。

她隨手翻了幾頁，看到有趣的內容後，又不知不覺地被吸引，開始認真看起漫畫書來。

「妳在做什麼？怎麼到現在還在看漫畫書？」

媽媽突然站在後面大聲吼叫！嚇得智慧趕緊把漫畫書藏起來。

「拜託妳認真一點！聽說妳的好朋友小珍都會自動自發的讀書，為什麼你不行？」

智慧原本還因為偷看漫畫書而覺得愧疚，但是一聽到媽媽拿自己跟小珍比較，情緒一下子就爆炸！

「為什麼每天只會叫我讀書、讀書？我討厭學習！真的很討厭！到底是誰發明考試來折磨人？」

解題
1. 15 × 2 ÷ 3 × 7
=
2. 5 × 1/2 ÷ 2
=
2 × 1/4 =

被考試拒絕而離家的洪吉童

平時讀書就很痛苦了，到了要考試時，就會更加討厭學習吧？很多人要考試前，肚子會痛，頭也會痛，這並不是在裝病，而是真的感到不舒服。因為我們的身體和心靈是彼此連結的，當內心越來越討厭學習時，身體也會感到不舒服。

可是，從前有位少年卻因為無法參加考試，而失望到離家出走，你相信嗎？

這位少年聰明伶俐，他的父親地位很高，母親卻是家裡的丫鬟。因此，他無法稱呼他的「父親」為父親。即使非常用功讀書，他也沒辦法參加考試。

在以前的年代，如果參加科舉，考上之後就可以當官，可是這位少年連參加考試的資格都沒有，就算他很聰明也沒有用。

於是，這位少年就離家出走，遠離自己的家鄉。他集結了一些人當起「盜賊」，不過，他們雖然是盜賊，但並非普通的盜賊，他們是專搶有錢人的財物，再分給窮苦人家的「義賊」。

這是韓國人物洪吉童的故事，雖然只是小說人物，但是在以前的年代，真的有很多才華洋溢，卻沒

反映歷史的小說人物

《洪吉童傳》是朝鮮光海君時代，由許筠所寫的韓國最早的國語小說。這本小說講的是庶子出身的洪吉童，離家出走後成立「活貧黨」，專門攻擊官府，並建立了栗島國的故事。「活貧」的意思是救活貧苦的人。

有機會參加考試的人。

現在我們能夠公平的參加考試，是因為相信每個來到這個世界的人都是公平的，所以人人都有參加考試的資格。

討厭學習的時候，請回想一下歷史，那些連考試機會都沒有的人，多麼可憐啊！

科舉制度公不公平？

說到考試，最初想到這個點子真是為了折磨人嗎？

考試有分各種類型，不過，考試的始祖應該就是「科舉制度」了。源自中國的科舉制度，是一種通

過考試來選拔官員的方式。因為通過科舉制度就能夠獲得一官半職，所以人們拼命地學習，只有通過考試，才能光耀門楣。

那麼，在沒有科舉制度之前，人們又是通過什麼樣的方式選拔人才呢？最常見的方法，是透過認識的人推薦，或是花錢買官位。

想透過認識的人獲得一官半職，那個人的地位一定很高。但是，並不是所有的人都能夠認識地位高的人，所以這個方法並不容易。花錢買官的話，則需要非常多的錢，也不是件容易的事情。因此，那個時代，平民百姓都不敢奢望可以當官。

比起通過認識的人推薦，或是花錢買官職，通過考試選拔人才的制度相對公平許多。

只要努力學習，通過考試，就有機會當官。而且通過考試選拔人才的制度下，即使是地位高，或是富有人家的子弟也必須先通過考試，才能夠堂堂正正的當官。因此，不論是誰，想要當官就必須讀書。只是，後來有些人為了讓自己通過考試，用了各式各樣投機取巧的方法，才讓這個制度越來越腐敗。

所以，最初並不是出於惡意，想要折磨人才發明了考試。考試的誕生，原本是為了讓這個世界更加公平、公正，為了讓真正有能力的人可以負責重要的工作才產生的制度。

考試與學習是兩回事

只要理解學習的內容，然後努力練習，就可以在考試的時候獲得好成績。考試成績好的話，表示知道考試的內容，因此人們普遍會認為只要成績好，就表示很會學習。

但是「考試成績好，就表示很會學習」，這句話只對了一半。因為有人很會考試，但學習並不好。

成績好的同學，有許多人是在考試前拼命死記硬背，但考完試之後，馬上忘得一乾二淨。因為頭腦無法長時間記住強迫灌輸的知識，雖然這樣可以考出很好的成績，但其實沒有真正學到東西。

還有一些考試成績好的同學，則是只會考試的內容，對其他的事物完全漠不關心。他們只看考試的書，不會閱讀其他書籍，甚至也不會跟同學們好好相處。

他們只關心考試的成績，專注學習考試出題的內容，當然可以在考試時得到好成績。但是，這些東西都無法長久擁有。真正重要的事情，沒辦法從考試中全部呈現出來。

每天出門，會觀察路邊的小花，對生活環境主動關心並進行研究的人，才有能力在將來學習到更多東西。如果對於這個世界沒有任何好奇心的話，又怎麼可能好好學習呢？

不能用考試成績評斷所有事情

有時候，你明明已經非常努力學習了，可是因為昨天吃了太多冰淇淋，結果從半夜開始肚子痛。好不容易來到學校，但完全沒精神，雙腿也一直在發抖。結果，在考試的過程中，實在忍耐不住跑去拉肚子。這樣一來，就很難期待得到好成績了吧？

即使如此，之前透過努力，學到很多知識這件事並沒有改變。考試的分數，並沒有辦法完全呈現學習的真實狀況。

設想一下，如果你非常喜歡科學，在學習這門科目時，心情都很好。除了課本上的知識，自己還學了很多其他的知識。你可能讀了很多書，還做了很多的實驗。可是，這次考試的題目不是你擅長的內容，而是其他領域，這樣會獲得很高的分數嗎？

但是，你很擅長科學這件事並不會因此而改變；你花了很多時間去學習科學，而且每次學習時，都學得很開心，這件事也不會改變。考試最後出來的只是分數，並不需要因此感到失落。

成績很差的愛因斯坦？

據說，愛因斯坦在上學時，是一個成績不太好的學生。他最喜歡也最擅長的科目是數學。因為在解答數學題目時，必須深入地思考，所以他非常樂在其中。愛因斯坦可以解答的數學題，超過學校教的難度，也從叔叔那邊借來幾何學的書籍努力自學。

可是，他經常因為在數學課提出太多問題而被處罰。有些老師因為無法在同學們面前回答愛因斯坦的問題，擔心這樣會給其他同學帶來不好的影響，所以常常對愛因斯坦發脾氣。結果，愛因斯坦就被趕出了校園。沒想到吧？

但是現在誰還會說愛因斯坦不懂數學、不會學習嗎？他可是所有人都認可的天才科學家呢！

如果努力學習，依然沒有考到好成績，也不用因此氣餒。因為自己所學的知識不會跑走，這就是學習的好處。自己所學的知識絕對不會消失，會留在自己身邊，成為下一個階段學習的跳板。

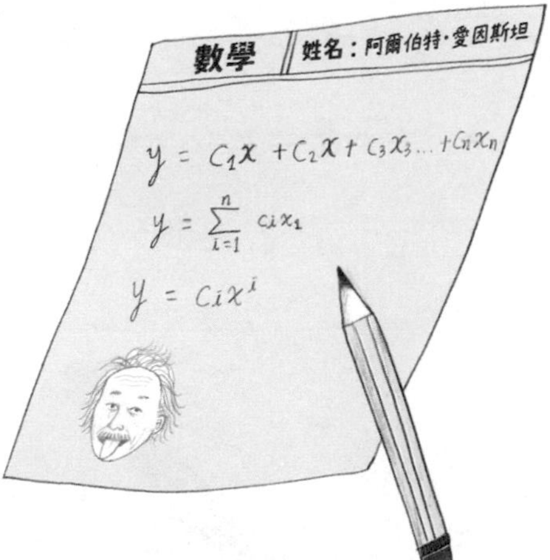

NOTE

第三章

如何讓大腦愛上學習？

許多小朋友都會這樣想吧？我真的很討厭背東西！我討厭去補習班！我討厭算數學！我真的很討厭學習！但是背東西、去補習班、算數學題目……這些都不是學習。那真正的「學習」是什麼？

考壞了，怎麼辦？

志遠今天放學後就直接回家，他的好朋友正浩約他去家裡玩電動遊戲，他拒絕了。心情不好的他，覺得書包也比平常沉重許多，因為他的書包裡面有一份考卷……

看到學校老師打的分數，他沒有想過自己會考

得多好，但是也沒想到會錯這麼多。他在同學的面前，努力想表現出不在乎的樣子，但其實拿著考卷的雙手在發抖。

他之前沉迷電玩，讓爸爸媽媽很失望，所以這次想好好表現。考試之前，他特別努力學習，考試前一天還

在練習題目，教科書也看了很多遍。沒想到成績還是不理想，因此感到非常自責。

「我那麼努力，結果為什麼還是這樣？明明考前很認真背書，但是背過的內容也都答錯了。」

志遠不斷思考為什麼會出現這個結果，最後他自己下了結論：「我想一定是因為我的腦袋不好，不會學習才會這樣。」

雖然志遠還是很擔心會被爸爸媽媽責罵，但是，當他認為自己是因為頭腦不好才會這樣，心情就更加消沉了。

志遠敲了敲自己的頭，甚至抱怨起爸爸媽媽沒有給自己生出一個聰明的腦袋。

這是事實嗎？考試考不好，真的是頭腦不好？

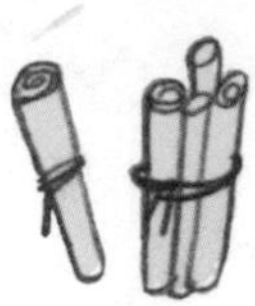

增強記憶力的祕訣

讀書的時候，辛辛苦苦背起來的內容，不久之後，就會全部忘光光吧？沒辦法記住背過的內容，是因為頭腦不好嗎？

因為頭腦不好，所以背不起來這個想法是錯誤的。其實我們一般人都擅長記東西，即使是故事情節複雜，登場人物很多的動漫節目，相信大部分的小朋友都能清楚記得人物和故事。

我們也很擅長記住歌手或球員選手的名字，即使是那些發音很難的外國球隊明星也會記得，甚至還會記得選手的戰績和個人特色。

為什麼會這樣呢？這裡有幾個祕密：

第一個祕密是「想要記住」的這個想法要很強

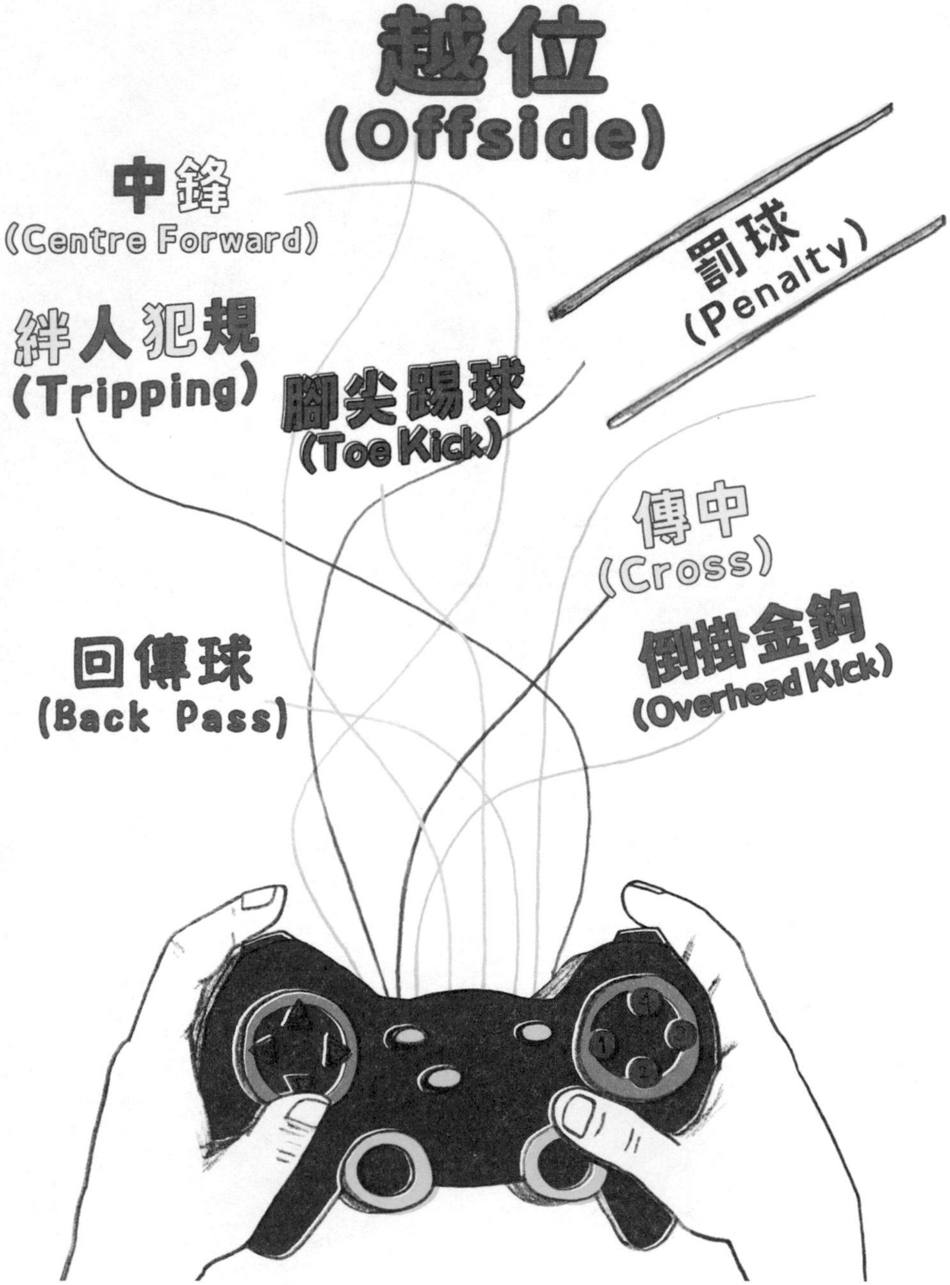
越位
(Offside)
中鋒
(Centre Forward)
罰球
(Penalty)
絆人犯規
(Tripping)
腳尖踢球
(Toe Kick)
傳中
(Cross)
回傳球
(Back Pass)
倒掛金鈎
(Overhead Kick)

烈。看動漫或球類比賽時，一定要記住才會覺得有趣，所以我們會想要記住。即使沒有人要求，也不用測驗，還是會想要記住。

第二個祕密是「重複」。如果學習的時候，也能夠像看球賽或動漫那樣花許多時間，反覆關注，不管再難的內容也會自然記住。

第三個祕密就是「有趣」。愉悅感可以幫助大腦更加活躍，傷心、憂鬱、生氣的時候，對我們的大腦運作毫無幫助。看動漫或球賽時，我們會覺得很開心，自然就會讓大腦活躍。也就是說，讓大腦變成喜歡學習的狀態。

這些原理也可以應用在學習上，擁有一顆「想要了解的心」，以及「不斷地反覆練習」，並且在這樣的過程中「產生有趣的情感」。

人人都有想要學習的心

有句話是這樣說的，就算你把牛牽到河邊，也無法強迫牠喝水。意思是說，如果自己不想做的話，其他人也無法勉強。學習也是如此，你可以強迫學生坐在桌子旁邊，也可以強迫他們拿起課本，但是無

法強迫他們學習，只有當自己想要學習時，才會主動去學習。

那麼，想要學習的心從何而來？一切都源於好奇心以及求知慾。假設我們要學習建築，而韓國因為

地理的關係，每個地區的傳統房屋型態都不同。

韓國南方的屋子主要是「一」字型，中部主要是「『」字型，北部主要是「□」字型。如果只是死背這些內容的話，很容易會混淆。

這時候，就需要喚起我們內在的好奇心，我們必須發自內心想知道為什麼每個地方的房屋型態會不一樣。像南方最重要的是好好地度過炎熱的夏季，所以，為了通風，會把房屋橫向蓋得長長的，這樣一來，每個房間都可以通風。

為了前後通風，所以一字型是在南部才看得到的房屋特徵。

北部的房屋需要面對不同的問題。因為要熬過寒冷的冬季，因此，為了阻擋東風，會把房子蓋成四方的□型。那麼，為什麼中部的房子是ㄇ型呢？因為地理位置是南部和北部的中間，所以設計房子時，也就必須兼顧兩方面。

知道原因之後，就可以順利的背起來，即使現在記起來很不容易，但只要仔細回想原因，就可以自然而然的記住。

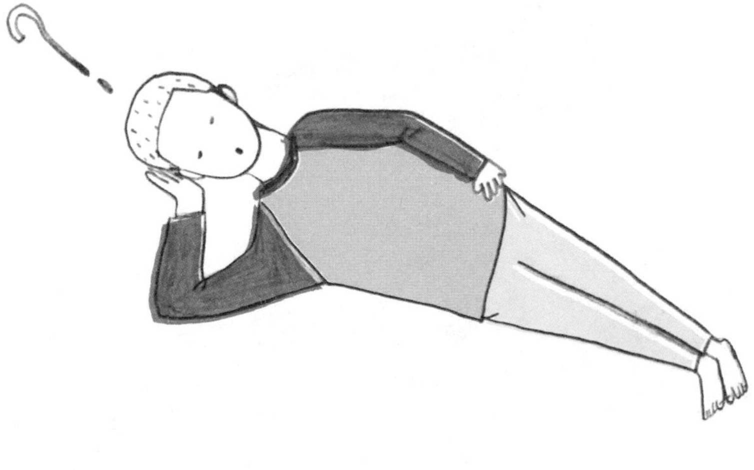

任何知識只要了解原因，就很容易記住，不需要刻意去死背，也能很自然的記在腦海中。學習就是提出問題、受到啟發、再繼續提出新問題的過程。背下來只是學習的其中一個方法而已。只要用對方法學習，就會牢記在腦海裡。

持續不間斷的練習

想要精通游泳的話，就必須要學習基本動作，此外，也需要長時間不斷的練習。沒有一個人在掌握要領之後，就可以馬上靈活地游泳，必須要持續不斷的練習，才能學會如何游得更好。

了解原理後接著練習，通過練習，會更加了解

原理，在這個來來回回的過程中，就會游得越來越好。

數學也是如此，想要學好數學，首先，要先學會原理，但是充分的練習也很重要。在練習的過程中，又可以更加了解原理，慢慢地，

就可以朝向成為「數學高手」的路上更進一步。為了更熟練，寫習作可以幫助我們做更多的練習。

有一點必須說明，習作只是幫助我們學習的方法之一而已，除了透過寫習作加強練習，還有許多其他的方法也都可以幫助我們學習。像是上課認真聽老師解說、主動去查詢答案，或是把解不開的難題找同學一起討論，這些都可以幫助我們學習。

可是，有許多人會以為寫習作是學習的唯一方法。如果你連內容都還不清楚就去解題的話，當然會遇到許多解不開的問題。這時，就容易對自己產生懷疑，誤以為自己是頭腦不好，缺乏學習的能力。

其實學習的方法有很多，必須根據不同的內容，同時考慮自己的學習風格之後，找出最合適、最有效的方法。

對於某些人來說，練習習作是非常棒的方法，但是這個方法可能就不適合其他人了。有些人透過習作來加強練習，有些人則適合反覆地解答教科書內的問題。

我們可以好好的想一想，什麼樣的學習方法最適合自己呢？

睡飽了，才能好好學習

睡覺的時候，看起來好像什麼都沒在做，但我們的身體在睡覺的時候，也在進行重要的工作。睡眠可以消除身體和心靈在白天時所累積的疲勞，為新的一天做好準備。因此，只要我們活著，就必須睡覺。

有專家以老鼠為對象做實驗：當老鼠要睡著

時，就叫醒牠；然後，老鼠又想睡著時，就再次叫醒牠。就這樣，這個實驗一直不讓老鼠睡覺，結果發現這群老鼠不僅變得非常容易生病，同時也長胖了。

人類也是如此，當睡眠不足時，大腦就沒辦法好好運作，不能正常思考，自然也無法好好學習。而且還會容易感到煩躁和疲勞，健康狀況也會越來越不好。因此，一定要好好睡覺。

那麼，如果好好睡覺的話，什麼時候可以學習呢？睡眠充足之後，一個小時就可以學習到很多東西。但沒有睡好覺的話，即使花了兩、三個小時也學不完。只要能集中精力學習，比一直呆坐在書桌前，無法認真專注的浪費時間，對學習的幫助更大。

擁有足夠的睡眠，就會生龍活虎、精力充沛，學習自然就更加有效率了。

12
12
國語

努力的天才畫家畢卡索

大家都知道畢卡索是天才畫家。他是怎麼成為知名畫家的呢？大多數人應該會認為，畢卡索一出生就擁有極高的天賦。但是，這句話只說對了一半，因為畢卡索同時也是個練習狂。

保守估算，畢卡索的畫作至少超過三萬張，甚至有人認為應該多達五萬張以上。即使對於享壽超過九十歲的畢卡索來說，這也是相當驚人的數量。

就算每天畫一張，連續一百年日日不休地畫，也不可能超過三萬七千張。也就是說，畢卡索每天都至少畫超過一張以上的畫，真的是拼了命地在畫畫，畢卡索總是畫到自己滿意為止。

大家有看過芭蕾舞者腳部的照片嗎？像白天鵝那樣美麗動人，不斷跳舞的芭蕾舞者的腳，會有多麼美麗呢？

一天練習十九個小時的韓國芭蕾舞者姜秀珍，她的腳因為瘀血而滿是斑點，看起來就像是傷痕累累的老樹枝。奧運金牌得主，韓國花式滑冰選手金妍兒的雙腳也不相上下，都是大量練習的結果。

當我們感嘆天才們的驚人才能，羨慕他們與生俱來的天分和幸運時。我們也要知道，所謂的天才們，其實也是努力的練習狂。

NOTE

第四章

為什麼要一直學習呢？

讀書到底有什麼好處，為什麼要一直學習呢？透過學習，可以看到更大的世界，也可以活得更開心、更有趣！我們來看看是不是真的如此吧？

校外教學可以玩中學

學校發了校外教學的通知單，看到通知單的小羽嘴巴張得大大的。明明有遊樂園、度假村那麼多有趣的地方，為什麼會選嚴肅無聊的

博物館？真是太過分了！

這麼想的不只是小羽，小羽也聽到其他同學們抱怨的聲音：「都已經要辦校外教學了，難道不能去更好玩的地方嗎？」

因為小羽在去年兒童節的時候，就已經跟家人去過那個博物館了，她覺得沒什麼意思，非常無聊。小羽當時甚至想：「爸爸媽媽是怎麼回事？真是太不了解自己的小孩了，怎麼會在兒童節帶我來這種地方，一點都不好玩！」

沒想到學校戶外教學又要去！而且老師還出人意料的提出「作業」，要大家在進行校外教學之前，先學習跟那個博物館相關的知識。

「要去這麼無聊的地方已經很可憐了，居然還要事先做功課？老師是想要折磨我們嗎？」

搜尋
水源華城
水源華城博物館
水源華城文化祭
水源華城照片
水源華城路線
水源華城行宮
水源華城的優點
水源華城的特色
關於水源華城
家長通知單
校外教學
• 場所：水源華城
• 日期：9月15日
準備物：筆記
便利服裝

老師笑著說：「看來大家沒有很想去這次的校外教學，我也能體會大家的心情。不過，相信老師，先做功課再去的話，會覺得很有趣，說不定下次還會要求老師再帶你們去一次呢！」老師想要表達的意思是，如果能透過學習知道更多的話，就會覺得很有趣。不過，看起來學生們並不領情呢！

「哎喲！老師！讀書跟出去玩，是兩回事！」

學習可以打開視野

知道更多，會看得更清楚；看得更清楚，就會覺得更有趣。出門旅遊時，如果沒有事先做功課，可能會覺得很無聊，但如果事先做功課，就會覺得去的地方非常有趣呢！比方說，到了韓國首爾的景福宮，景福宮內有一座名為交泰殿的建築，交泰殿是誰住的房子呢？是地位非常高的女性，也就是王妃的住處。交泰殿的屋頂模樣非常特別，宮中其他建築的屋頂都有屋脊，但是王和王妃的寢殿卻沒有屋脊。

如果事先知道這件事，去觀看宮殿時，就會仔細觀察屋頂了吧？可以區分出屋頂有屋脊和沒有屋脊的建築，並看出沒有屋脊的建築就是王和王妃的寢殿。事先知道的話，就會想要看得更清楚。

到了交泰殿，絕對不能錯過的就是後院了，交泰殿的後院有峨眉山。名字雖然有一個「山」字，但其實是用小丘陵堆疊而成，裡面開滿花朵的地方。大家是否想過為什麼明明只是一個小丘陵，卻要稱之為「峨眉山」呢？或許，這是為了讓一輩子都必須住在宮中，無法看到外面世界的王妃，至少能夠在走上丘陵時，可以看到遼闊風景吧！

事先知道之後，就可以看得更清楚，就會覺得更有趣，然後就會想要知道得更多。這個方法與心態並非只適合用於觀看建築而已，世界上所有事情皆是如此。我們學多少，視野就有多廣，世界也會越來越大，想要讓自己打開視野，最好的方法就是學習。

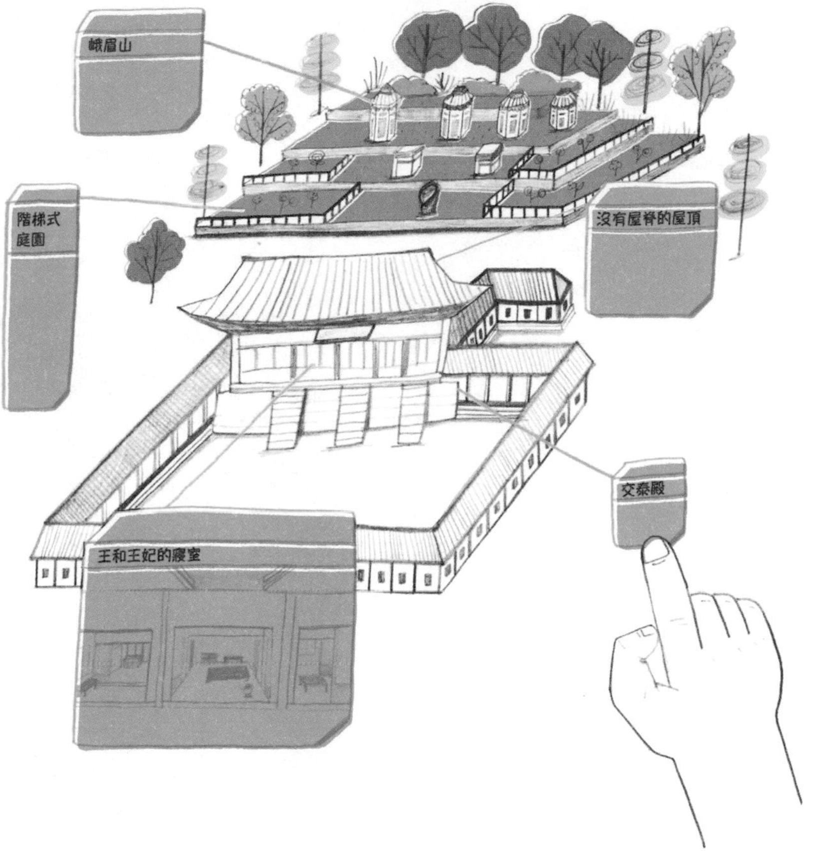

階梯式庭園

峨眉山

沒有屋脊的屋頂

王和王妃的寢室

交泰殿

景ㄐㄧㄥˇ福ㄈㄨˊ宮ㄍㄨㄥ內ㄋㄟˋ也ㄧㄝˇ有ㄧㄡˇ「峨ㄜˊ嵋ㄇㄟˊ山ㄕㄢ」？

為ㄨㄟˋ了ㄌㄜ˙建ㄐㄧㄢˋ造ㄗㄠˋ景ㄐㄧㄥˇ福ㄈㄨˊ宮ㄍㄨㄥ慶ㄑㄧㄥˋ熙ㄒㄧ樓ㄌㄡˊ內ㄋㄟˋ的ㄉㄜ˙人ㄖㄣˊ工ㄍㄨㄥ湖ㄏㄨˊ而ㄦˊ挖ㄨㄚ出ㄔㄨ來ㄌㄞˊ的ㄉㄜ˙土ㄊㄨˇ，搬ㄅㄢ運ㄩㄣˋ到ㄉㄠˋ交ㄐㄧㄠ泰ㄊㄞˋ殿ㄉㄧㄢˋ的ㄉㄜ˙後ㄏㄡˋ院ㄩㄢˋ堆ㄉㄨㄟ疊ㄉㄧㄝˊ成ㄔㄥˊ一ㄧ座ㄗㄨㄛˋ小ㄒㄧㄠˇ丘ㄑㄧㄡ陵ㄌㄧㄥˊ，並ㄅㄧㄥˋ取ㄑㄩˇ名ㄇㄧㄥˊ為ㄨㄟˊ峨ㄜˊ眉ㄇㄟˊ山ㄕㄢ。真ㄓㄣ正ㄓㄥˋ的ㄉㄜ˙峨ㄜˊ眉ㄇㄟˊ山ㄕㄢ是ㄕˋ位ㄨㄟˋ於ㄩˊ中ㄓㄨㄥ國ㄍㄨㄛˊ四ㄙˋ川ㄔㄨㄢ省ㄕㄥˇ西ㄒㄧ南ㄋㄢˊ方ㄈㄤ的ㄉㄜ˙名ㄇㄧㄥˊ山ㄕㄢ，也ㄧㄝˇ是ㄕˋ海ㄏㄞˇ拔ㄅㄚˊ超ㄔㄠ過ㄍㄨㄛˋ三ㄙㄢ千ㄑㄧㄢ公ㄍㄨㄥ尺ㄔˇ的ㄉㄜ˙高ㄍㄠ山ㄕㄢ。

學習可以讓世界變有趣

你最喜歡遊樂園的什麼設施呢？雲霄飛車嗎？每次搭上雲霄飛車時，是否會好奇它為什麼可以在空中繞一大圈，就算到達最高點時，也不會脫軌呢？想要知道答案，就要了解什麼是「離心力」。所謂離心力就是指某個物體在繞圓運作時，讓物體遠離圓的中心往外旋轉的力量。

大家有看過裝著水的水桶，通過長繩繞圈圈的表演嗎？當水桶繞到最高處時，水桶已經完全被翻轉過來。照理說，水應該會倒出來。但是，水卻完全沒有流下來，這就是運用了離心力的原理。

因為離心力能讓水留在水桶的底部，隨著水桶一起移動，所以水不會流出來。韓國元宵節時會「放鼠火」，人們會在罐頭上點火後繞圈玩耍。當罐頭完全往下倒的時候，火看起來應該要往下流竄，但是火依然留在罐頭內，這跟水不會流出來的原理相同。

水桶、罐頭、雲霄飛車等都是同

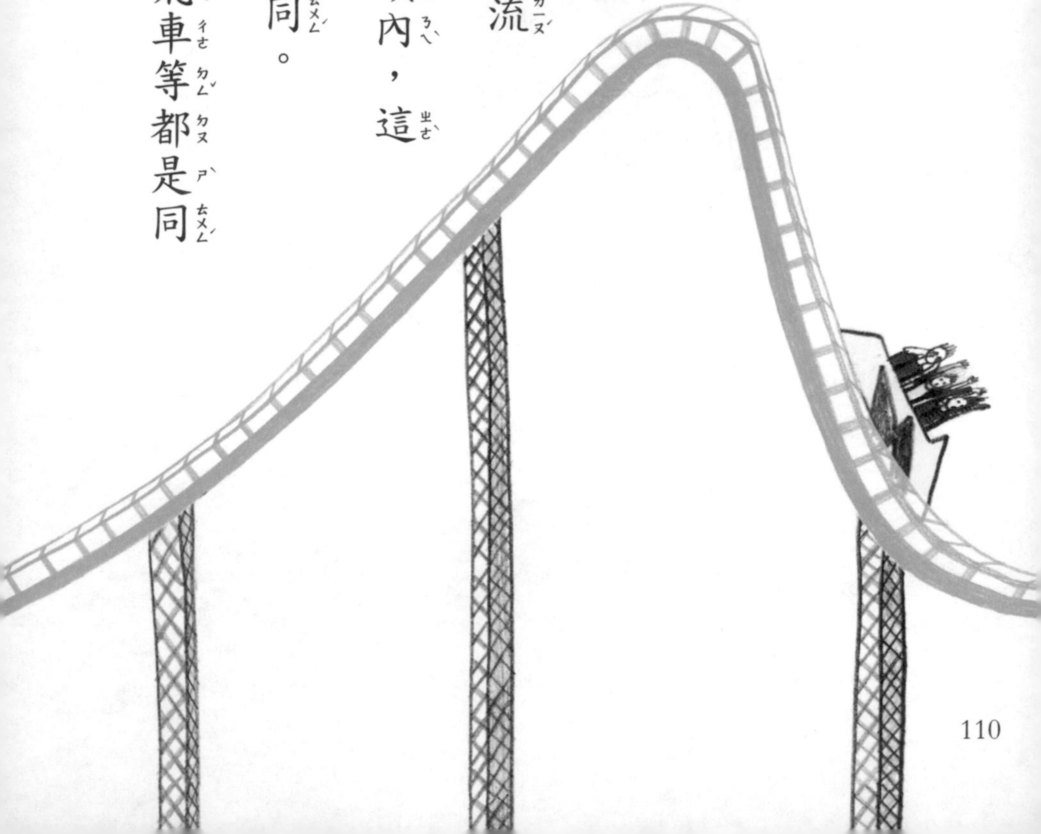

樣的原理，繞圈時都不會往下掉。單純搭雲霄飛車很有趣，但是知道原理之後，是不是更有趣呢？

有趣的事情可以創造出更多樂趣，而讓無趣的事情變得有趣的方法就是學習。通過學習，可以讓世界變得更加有趣。

學習可以讓人更勇敢

從前有一對父子一起去旅行，他們不只是單純去旅行，而是要穿越沙漠去尋找可以治療媽媽病情的藥。即使已經做好心理準備，但是過程比想像中更加艱苦，眼看水和食物越來越少，甚至還迷路了。就在他們不知所措的時候，眼前出現了墳墓。

「爸爸，我們是不是要死了？這裡有墳墓，就表示有人死在這裡。我們也會跟他們一樣吧？」

爸爸輕輕的拍了拍兒子的背，說道：「孩子，這裡有墳墓，表示有人把死去的人埋在這裡。也就是附近有村莊，我們得救了。」

如同爸爸所說，不遠處有一個村莊，村莊的人們幫助了這對陷入困境的父子。最終，父子兩人順利

找到治療媽媽的藥，平安回家了。

兒子看到墳墓想到了死亡，可是爸爸卻發現了生機。即使看到相同的事物，想法也不同。

越有智慧，越可以成為無所畏懼，真正勇敢的人。智慧可以幫助人們做出正確的判斷和選擇。

那麼，智慧從何而來呢？學習，是獲得智慧的最佳方法。

學習可以增加個人魅力

學習能獲得成長，可以知道什麼才是真正的美，也會知道不是擁有高挺的鼻子，或是擁有洋娃娃般的眼睛才稱得上是美麗。進一步明白，單純為了變美就去做整形手術，並不是聰明的事。

因為，我們必須思考眼前看到的事，也必須思考未來的事。或許透過整形手術，可以馬上變美，但是，必須要連未來可能會發生的副作用都納入考量，才能夠謹慎的做出決定。

最重要的是，一個持續學習的人，才是真正有魅力的人。那對充滿智慧的雙眼、說出溫暖話語的雙脣、關懷他人的態度、了解自我存在的價值，如果擁

有這些，怎麼可能不是一個充滿魅力的人呢？

法國有位名設計師曾經說：「看過了這麼多的模特兒，其中會閱讀的模特兒，職涯生命最長。」

模特兒和閱讀有什麼關係呢？因為大量閱讀的人，思想會變得成熟，智慧也會顯現在表情和眼神裡。只擁有亮麗的外表，是無法長久的，充滿智慧的眼神和表情，才能持續受到喜愛。

學習能讓你跟別人不一樣

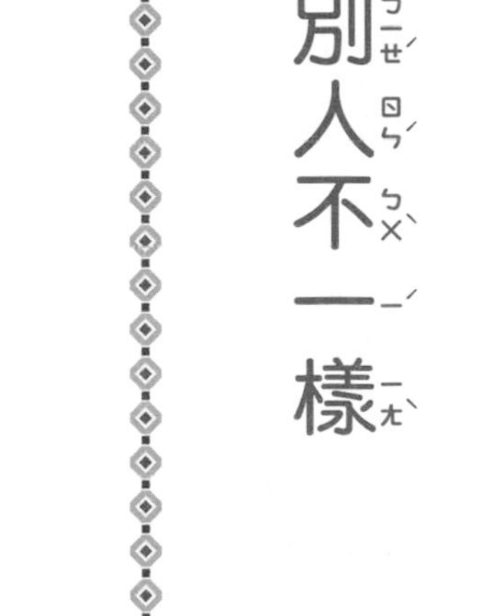

有一個書生，一年三百六十五天都在讀書。因此，他沒有一毛錢，家裡過得很苦。他的妻子只好去別人家做一些針線活，勉強賺錢度日。

有一天，妻子受不了這種生活，對著書生大發脾氣，把他趕出去！書生面對妻子的指責，只是闔上書走出門。他到大街上打聽，鄰居之間最有錢的人是誰？所有的人都說附近最有錢的是卞氏。於是書生來到了卞氏家，想跟卞氏借一萬兩銀子。

一般人如果看到一個穿著破爛，而且又不認識的陌生人，一開口就跟自己借一大筆錢的話，一定會說：「胡說八道！」或是：「你是瘋了嗎？」這種話。

可是卞氏並非普通人，他一眼就看出這個書生異於常人。卞氏二話不說，就借給書生一萬兩銀子。

書生用這筆錢到大城市做生意，透過買賣水果、馬鬃等賺了不少錢。最後，他用借來的一萬兩銀子賺了十萬兩，證明卞氏有識人的眼光。

NOTE

第五章

<ruby>學<rt>ㄒㄩㄝˊ</rt></ruby><ruby>習<rt>ㄒㄧˊ</rt></ruby><ruby>是<rt>ㄕˋ</rt></ruby><ruby>強<rt>ㄑㄧㄤˊ</rt></ruby><ruby>大<rt>ㄉㄚˋ</rt></ruby><ruby>的<rt>ㄉㄜ˙</rt></ruby><ruby>力<rt>ㄌㄧˋ</rt></ruby><ruby>量<rt>ㄌㄧㄤˋ</rt></ruby>

<ruby>為<rt>ㄨㄟˋ</rt></ruby><ruby>什<rt>ㄕㄣˊ</rt></ruby><ruby>麼<rt>ㄇㄜ˙</rt></ruby><ruby>一<rt>ㄧ</rt></ruby><ruby>定<rt>ㄉㄧㄥˋ</rt></ruby><ruby>要<rt>ㄧㄠˋ</rt></ruby><ruby>學<rt>ㄒㄩㄝˊ</rt></ruby><ruby>習<rt>ㄒㄧˊ</rt></ruby>？<ruby>因<rt>ㄧㄣ</rt></ruby><ruby>為<rt>ㄨㄟˋ</rt></ruby><ruby>學<rt>ㄒㄩㄝˊ</rt></ruby><ruby>習<rt>ㄒㄧˊ</rt></ruby><ruby>可<rt>ㄎㄜˇ</rt></ruby><ruby>以<rt>ㄧˇ</rt></ruby><ruby>實<rt>ㄕˊ</rt></ruby><ruby>現<rt>ㄒㄧㄢˋ</rt></ruby><ruby>夢<rt>ㄇㄥˋ</rt></ruby><ruby>想<rt>ㄒㄧㄤˇ</rt></ruby>，<ruby>也<rt>ㄧㄝˇ</rt></ruby><ruby>可<rt>ㄎㄜˇ</rt></ruby><ruby>以<rt>ㄧˇ</rt></ruby><ruby>改<rt>ㄍㄞˇ</rt></ruby><ruby>變<rt>ㄅㄧㄢˋ</rt></ruby><ruby>命<rt>ㄇㄧㄥˋ</rt></ruby><ruby>運<rt>ㄩㄣˋ</rt></ruby>。<ruby>學<rt>ㄒㄩㄝˊ</rt></ruby><ruby>習<rt>ㄒㄧˊ</rt></ruby><ruby>可<rt>ㄎㄜˇ</rt></ruby><ruby>以<rt>ㄧˇ</rt></ruby><ruby>看<rt>ㄎㄢˋ</rt></ruby><ruby>清<rt>ㄑㄧㄥ</rt></ruby><ruby>世<rt>ㄕˋ</rt></ruby><ruby>間<rt>ㄐㄧㄢ</rt></ruby><ruby>的<rt>ㄉㄜ˙</rt></ruby><ruby>道<rt>ㄉㄠˋ</rt></ruby><ruby>理<rt>ㄌㄧˇ</rt></ruby>，<ruby>完<rt>ㄨㄢˊ</rt></ruby><ruby>成<rt>ㄔㄥˊ</rt></ruby><ruby>他<rt>ㄊㄚ</rt></ruby><ruby>人<rt>ㄖㄣˊ</rt></ruby><ruby>做<rt>ㄗㄨㄛˋ</rt></ruby><ruby>夢<rt>ㄇㄥˋ</rt></ruby><ruby>也<rt>ㄧㄝˇ</rt></ruby><ruby>不<rt>ㄅㄨˋ</rt></ruby><ruby>敢<rt>ㄍㄢˇ</rt></ruby><ruby>想<rt>ㄒㄧㄤˇ</rt></ruby><ruby>的<rt>ㄉㄜ˙</rt></ruby><ruby>事<rt>ㄕˋ</rt></ruby><ruby>情<rt>ㄑㄧㄥˊ</rt></ruby>。<ruby>學<rt>ㄒㄩㄝˊ</rt></ruby><ruby>習<rt>ㄒㄧˊ</rt></ruby><ruby>可<rt>ㄎㄜˇ</rt></ruby><ruby>以<rt>ㄧˇ</rt></ruby><ruby>把<rt>ㄅㄚˇ</rt></ruby><ruby>不<rt>ㄅㄨˋ</rt></ruby><ruby>可<rt>ㄎㄜˇ</rt></ruby><ruby>能<rt>ㄋㄥˊ</rt></ruby><ruby>的<rt>ㄉㄜ˙</rt></ruby><ruby>事<rt>ㄕˋ</rt></ruby><ruby>情<rt>ㄑㄧㄥˊ</rt></ruby><ruby>變<rt>ㄅㄧㄢˋ</rt></ruby><ruby>成<rt>ㄔㄥˊ</rt></ruby><ruby>可<rt>ㄎㄜˇ</rt></ruby><ruby>能<rt>ㄋㄥˊ</rt></ruby>，<ruby>學<rt>ㄒㄩㄝˊ</rt></ruby><ruby>習<rt>ㄒㄧˊ</rt></ruby><ruby>可<rt>ㄎㄜˇ</rt></ruby><ruby>以<rt>ㄧˇ</rt></ruby><ruby>讓<rt>ㄖㄤˋ</rt></ruby><ruby>人<rt>ㄖㄣˊ</rt></ruby><ruby>變<rt>ㄅㄧㄢˋ</rt></ruby><ruby>得<rt>ㄉㄜˊ</rt></ruby><ruby>強<rt>ㄑㄧㄤˊ</rt></ruby><ruby>大<rt>ㄉㄚˋ</rt></ruby>。

想賺很多錢要先學習？

雖然不想這個樣子，但小婷今天還是一直忍不住嘆氣。放學時，老師把小婷叫住：「小婷，你有什麼心事？今天一直在嘆氣。」

小婷沒有預料到會被老師詢問，只好說：「我沒事，您不用擔心。」

「但是妳今天一整天都在嘆氣，感覺教室的地板都要下陷了！」

面對老師的關心，小婷猶豫了一下，開口說：

「我媽媽被裁員了，因為公司經營不善，所以媽媽天天失眠煩惱。爸爸的店生意也不好，他們最近因為擔心錢的問題常常吵架。」

「原來是這樣啊！聽起來很令人擔心呢！不

過，這不是你擔心就可以解決的問題。小婷要更堅強，才能夠減輕爸爸媽媽的擔憂，不是嗎？」

看著和藹可親的老師，小婷突然淚流滿面。她並不想哭，可是淚水還是不自禁地流下來了。

「老師，我、我想快點長大，然後賺很多錢。不管怎樣，都必須要賺到很多錢。因為錢好像是這個世界上最強的力量。」小婷邊哭邊說。

老師握著她的手說：「小婷，妳認為這個世界上最強的東西是錢嗎？我不這樣認為。」

「不是錢的話，什麼才是最強的？」

「比起抽屜裡裝滿金銀財寶，通過勤奮學習，累積智慧的人，更有能力、更強大。」

小婷歪著頭問：「你說學習的力量更強嗎？」

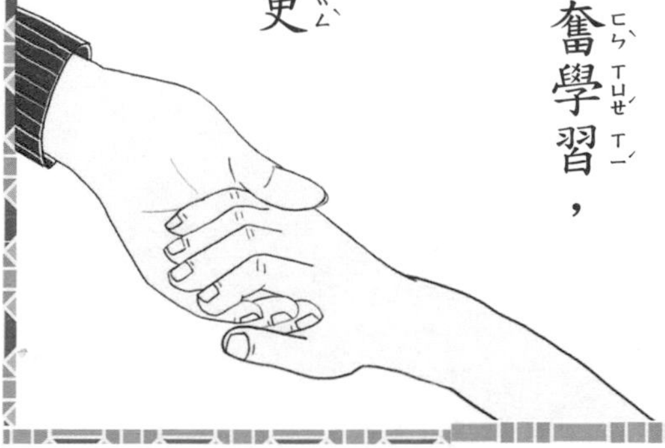

喜歡聽故事的考古學家

海因里希・施里曼的爸爸，在他八歲的時候送給他一本名為《寫給小朋友的世界史》的書。在這本書中，描繪了驚奇而且有趣的特洛伊戰爭。

色薩利國王珀琉斯和海洋女神忒提斯舉辦了盛大的婚禮，他們邀請了許多天神來參加，但是主掌紛

爭的女神厄里斯卻沒有受到邀請。

於是生氣的厄里斯在婚宴擺出了一顆黃金做的蘋果，並在上面寫著「獻給最美麗的女神」。

赫拉、維納斯和雅典

娜這三位女神都認為自己是這顆蘋果的主人，於是，三位女神找來特洛伊的帕里斯王子出面判決誰可以擁有這顆金蘋果。為了得到金蘋果，三位女神分別提出不同的誘人條件想跟帕里斯王子交換。

雅典娜承諾讓王子在戰爭中擁有無敵的力量；赫拉承諾給王子全世界的統治權；而維納斯承諾讓他擁有如同女神般的美麗妻子。

最後帕里斯王子把蘋果判給了維納斯，而自己也擁有了世界上最美麗的妻子海倫。

但是，海倫是斯巴達的王妃，斯巴達王無法原諒自己的妻子被特洛伊的王子搶走，於是發動了戰爭。斯巴達軍隊傾盡全力想要攻陷特洛伊城，但是特洛伊城堅不可摧。

這時候，斯巴達人想出一個大膽的點子，打造了一個巨大的木馬，謊稱這是送給特洛伊的和解禮物。特洛伊人信以為真，以為戰爭就要結束，收下禮物並且大擺宴席，酒足飯飽後，士兵通通睡著了。

到了晚上，巨大的木馬緩緩打開，藏在裡面的斯巴達軍人紛紛走了出來，特洛伊就此被滅亡了。

考古學家海因里希・施里曼深深地被這個故事吸引，於是，他決定要找到特洛伊的遺址。他搜尋了許多相關的資料來學習，為了能夠看懂資料，他還學會了十五個國家的語言，一直熱衷於學習考古。

就這樣，那個八歲小孩因為閱讀產生的夢想，終於在五十一歲時成真。海因里希・施里曼成功的找到特洛伊的遺址，這一切都是他為了夢想不停學習的結果。

靠學習改變命運的基督山伯爵

有位名叫愛德蒙・唐泰斯的青年，他雖然很貧窮，但是心地善良，而且為人正直，受到很多人的喜愛。他原本過得很幸福，不久之後也將升為船長，並且準備跟心愛的美蒂絲結婚。

但是，他被人嫉妒誣陷，冠上叛逆的罪名，最後關進監獄。牢獄生活暗無天日，唐泰斯飽受折磨，當他感到絕望的時候，在獄中認識了也是被陷害入獄的法利亞神父。

法利亞神父是一位通過大量學習，並獲得豐富知識的人，他的腦海中記得五百本書的內容。即使在監獄中也繼續研究，甚至還寫書。唐泰斯跟著法利亞神父學會了許多東西。

法利亞神父在獄中過世時，唐泰斯偽裝成法利亞神父的屍體，成功的逃出監獄，他的懷中還有法利亞神父送給他的財寶地圖。

唐泰斯根據地圖找到寶物之後，成為了富人。接著，他用這些財富換來了基督山伯爵的頭銜，開始了復仇之路。這就是法國小說家大仲馬所寫的《基督山恩仇記》故事。

唐泰斯是怎麼做到的呢？他在基督山找到的財寶當然幫了大忙，這筆財富讓他成為了大富豪，但是，更大的力量是他沒有被監獄這個艱難的環境打倒，反而更努力地學習。

並不是擁有了大量的金錢，就可以假裝成受人尊敬的貴族，唐泰斯因為大量知

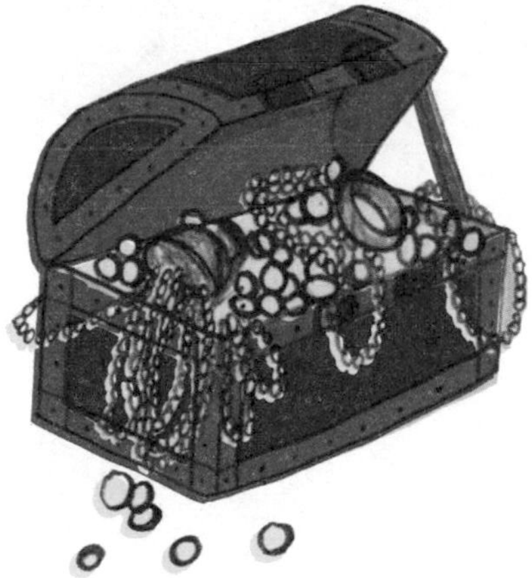

識所培養出來的教養和氣質，讓所有人都對他的伯爵身分深信不疑。而且洗刷冤屈也需要縝密的策略，必須通過學習才有可能想得出來。

如果大家想知道唐泰斯如何成功復仇，請直接閱讀《基督山恩仇記》這本書，我不想在這裡說出來，免得破壞大家在閱讀這本書時的樂趣。

幫助家鄉擺脫貧窮的少年

非洲馬拉威的某個鄉村，住著一位名叫威廉・坎寬巴的少年。馬拉威是一個非常窮苦的國家，少年所住的鄉村和少年的家人們都過得很貧窮，因為缺水的關係無法好好種植農作物。坎寬巴雖然很想繼續上學，可是家人因為沒有食物已經在餓肚子了，更不可能付出學費。於是，坎寬巴不得不選擇輟學。

「即使沒有上學，我也可以繼續學習。」少年這樣想。於是，雖然當地的圖書館藏書不多，但他還是認真借書來自學研究。

有一天，他通過《能源使用》這本書知道了「風車」。當時馬拉威連風車這個單詞都沒有，坎寬巴了解到只要有風車這個東西，就可以利用風發電，然後就可以發動抽水機。

從那天開始，坎寬巴就產生了夢想：「只要有風車和抽水機的話，媽媽一整年都可以種植番茄、馬鈴薯、卷心菜、芥菜、豆類等蔬菜，還可以拿去市場販賣。這樣一來，就不會發生沒有食物可吃，或是輟學的事情。只要有風車的話，就可以擺脫黑暗和飢餓，過上自由的生活。」

村裡其他的人都認為熱衷風車的坎寬巴是瘋子，但他不怕被人嘲笑，還是持續學習，坎寬巴每天都在廢料場翻找物料，最終，成功的完成了風車。

透過製作風車，為家鄉帶來希望的坎寬巴，後來也一直持續努力學習，希望能夠幫助更多人。

比學習更重要的事？

到目前為止，我們都在說學習有多麼重要，學習有很多好處。但請別誤會，我絕對不是說學習是這個世界上最重要的事情，因為，還有許多事情比學習更加重要。

例如：對於小朋友們來說，跟同學們在戶外盡

情玩耍，也是這個世界上很重要的事情。如果想要全身充滿活力的話，就必須開心的玩樂。

有些人認為玩樂是跟朋友聚在一起，然後分別坐在電腦前玩遊戲。但是，這時候你並不是跟朋友玩耍，而是跟電腦玩，你的朋友只是坐在隔壁而已。

跟朋友在一起的時候，最重要的是全心全意的對待朋友，聽朋友說話，跟朋友分享自己的心情，找出最好玩的事情，然後盡情的玩耍。不要只用嘴巴玩，也不要只用頭腦玩，更不要只用手指頭玩，必須全身動起來玩。只要盡全力，常常快樂的玩耍，就有足夠的精神可以做好其他事情。

挑戰不可能的舉重任務

喜歡舉重的庫爾遜・阿卜杜拉得知自己獲得參加全國比賽的資格時，開心的跳了起來。但她沒想到馬上就遇到了難關！身為伊斯蘭教徒，也就是穆斯林。根據伊斯蘭教律規定，除了親近的親人之外，女性絕對不可以在其他人的面前露出身體。

可是舉重比賽時，由於要判斷選手們是否確實舉起槓鈴，也要看胳膊和膝蓋是否確實伸直，因此選手都會穿著露出胳膊和膝蓋的衣服。

要放棄舉重比賽，選擇信仰？還是要放棄信仰，然後選擇比賽呢？一般人會在兩者之中做選擇，然後在未來懊悔自己所放棄的事物。

但是庫爾遜・阿卜杜拉不想這樣做，她相信，在不放棄信仰的前提下，也可以參加舉重比賽。

因此她開始學習，通過學習，庫爾遜・阿卜杜拉想出了一個超棒的點子。那就是她不穿寬鬆的半袖和短褲，而是穿上合身的襯衫和長褲。這樣一來，就不會在舉重時露出肌膚，最終順利的參加比賽。

雖然庫爾遜・阿卜杜拉最後並沒有獲得獎牌，

但是她勇於挑戰的精神比金牌還要珍貴。

NOTE

第六章

學習有不同的方法

說到「學習」，首先想到的就是坐在書桌前看書吧？但是，學習的方法有許多種，如同每個人的指紋都不同，每個人適合的最佳學習方法也不同。而且學習的內容不同，方法也會不同。

可以邊玩邊學習嗎？

「阿姨您好！好久不見！」

阿昌開心的跑過去跟阿姨打招呼。阿昌雖然很喜歡阿姨，但是無

法常見面，因為阿姨常常「離家」。

可能會有人覺得奇怪，阿姨是不是發生什麼事，為什麼會離家出走？

其實，阿姨是為了學習才經常不在家。阿昌的阿姨

是考古學者，現在很多地方都在挖掘遺物，許多古老的物品被挖掘出來時，很難維持原貌。如果古物在挖掘過程中出現破損的話，就需要有人把這些物品修復成原本的模樣，阿姨就是擔任這種工作。

阿昌看著阿姨心想，阿姨的「學習」真的是很特別的學習。他問道：「阿姨，這次在挖土的過程中，也學了很多東西嗎？」

聽到阿昌這樣問，阿姨哈哈地笑起來。

「阿昌怎麼會這麼問？你真的很聰明。」

「因為阿姨之前曾經說過，自己是一個邊挖土邊學習的人。」

「對，沒錯！我是邊挖土邊學，但是這個有什麼特別的嗎？原本學習的方法就有許多種。」

阿昌嚇了一跳。學習的方法有很多種嗎？那

麼，是不是有邊玩邊學習的方法？阿昌非常開心，他非常期待有這種方法。因為，如果真的有這種方法，他一定是學得最棒的人。

「阿姨，有邊玩邊學習的方法嗎？」阿昌迫不及待的問。

「當然，走在路上可以學習；走在公園中也可以學習，為什麼不能邊玩邊學呢？」

「真的嗎？快告訴我，我想知道邊玩邊學習的方法是什麼？」

「邊玩邊學習是學習的最高境界，阿昌你真的可以做得到嗎？」

什麼？邊玩邊學習居然是學習的最高境界？阿昌已經開始好奇那個最高的境界是什麼了。

在大自然中學習

一九六〇年，在非洲坦尚尼亞的坦噶尼喀湖附近，有一處自然保護區，出現了一位陌生女性。

這位女性說自己是為了研究黑猩猩而來到這裡，當地的人們聽完之後就大笑出來：「等著看吧！

不到一週，她就會逃走！」沒想到這些人全錯了。這位女性成功的完成黑猩猩的研究，她就是著名的動物行為學家珍・古德。

珍・古德於一九三四年出生於英國倫敦，她從小就特別喜歡動物，她會把蚯蚓放在床上，也會為了看母雞下蛋，五點就起床去雞窩內等待。當時，她的家人以為她失蹤了，還差點去報警。

珍・古德從小的願望，就是去非洲旅行。長大之後，她也在肯亞的旅行中獲得研究黑猩猩的機會。珍・古德在叢林中跟黑猩猩一起生活，最後，發現了當時還沒有人知道的事，關於黑猩猩的「祕密」。

黑猩猩喜歡狩獵和吃肉，還會把柔軟的樹枝放入洞穴用來抓白蟻吃，發現黑猩猩其實會使用工具這件事，給當時的人們帶來巨大的衝擊。

因為在這之前，人們一直認為只有人類懂得使用工具。

一生都獻給黑猩猩的珍・古德，晚年仍持續在做保護野生動物的計畫。因為環境被破壞，包括黑猩猩在內的動物們都失去了棲地。為此，她在全世界到處奔走呼籲。

珍・古德走入叢林直接研究黑猩猩，獲得了巨大的成就。有時候真正的學習不在圖書館或實驗室，而是在大自然中完成。

關懷環境的「根與芽」組織

「根與芽」（Roots & Shoots）是珍・古德在一九九一年成立的世界環境團體。主要目的是喚起人們關心和照顧動物、環境、人類。從國小的學生到成人都可以加入這個團體。

環遊世界的真實體驗

原本只是平凡上班族的韓國女性韓飛野，在三十五歲時決定要徒步環遊世界，為此，她選擇辭職展開旅程，而且持續了七年之久。

韓飛野專門去那些沒有外來人口的偏遠地方旅行，她會住在當地人的家裡，跟路上遇到的人成為朋

友，當然也有遇到危及性命的事情。但是，來自遙遠地區的她，一路上也得到許多人給予的幫助和溫暖對待。

她表示：「在

旅行時，反而從偏遠地方遇到的人們身上，學習和感受到更多東西，我的人生也因此完全被改變。」

結束旅行之

後，韓飛野的人生有什麼樣的變化呢？她在旅行中，遇到了許多因為戰爭或天災而深陷痛苦的人，因此在內心深處開始有了想要幫助這些人的想法。於是，她便長期擔任緊急救援的相關工作。

還有一件驚人的事情，那就是精力旺盛，繞著世界旅行的韓飛野，其實是非常喜歡看書的閱讀王，同時，也非常喜歡學習。她在從事緊急救援活動時，覺得中文是必要的語言，於是，她花了一年的時間直接在中國生活和學習中文。

韓飛野從來沒有停止從書中獲取知識，同時，她也通過真實的生活體驗，親自到世界各地去學習。認識不同的人，收穫滿滿的新知和友誼。

養雞也有大學問

俗話說：「如果要挖井，就要堅持不懈地挖到底」。這句話的意思是，訂好一個目標，只要一心一意，持續做下去就會成功。但是，這句話並

沒有完全說對，因為，不限於某個領域，而是到處涉獵的人，也可以打開一個與眾不同的全新世界。

丁若鏞是朝鮮時代的偉大學者，他不停地閱讀，也勤奮地寫書。他完成了《牧民心書》、《欽欽新書》、《經世遺表》、《麻科會通》、《我邦疆域考》等著作，成為當時最厲害的博學家。

丁若鏞在流放時，曾經發生過一件事，某天，他收到兒子寄來的信，上面提到家裡打算飼養雞。於是，丁若鏞回信寫道：

「我聽說你要養雞，好好地閱讀跟農事相關的書籍，找出好的方法飼養看看吧！要懂得區分雞的顏色，好好觀察，也要看雞在雞籠內跑得如何。這樣一來，才能把雞養得肥美，而且比別人家的雞更會下蛋。既然要養雞，最好把書中所有關於雞的文字收集起來，然後寫出一本有關養雞的書籍。」

養雞的同時還要學習，非常有趣吧？

在丁若鏞的年代，認為只有學習儒家經典

才是學問。可是，丁若鏞不一樣，他認真研究生活中遇到的問題，然後開創出一個新世界。

請想像一下：熟知文學的科學家、很會跳舞的哲學家、懂音樂的醫生……。比起只會挖一口井的人來說，這些擅長跨領域多元學習的人，能擁有更豐富精彩的人生吧！

把研究當興趣的物理學家

學習最強的人是誰呢？那一定是懂得開心學習的人。「知之者不如好之者，好之者不如樂之者。」偉大的物理學者理察・費曼就是把學習當成興趣的人，他最特別的是把物理和數學稱為「興趣」。無論是開車、躺在床上、吃飯，他時時刻刻都在想著

物理和數學。

「物理是我的唯一興趣，它是我的工作，同時也是我的快樂。你只要看看我的筆記本，就會知道無論我是醒著，還是睡著，都在想物理的事情。」這是理察‧費曼本人說過的話。聽到這句話，我們就會知道他是如何成為偉大的物理學者。

如果把學習當成是最大的樂趣，而且能從中得到快樂，那麼，怎麼會不馬上去做這件事呢？當然是立刻去學習，而且投入百分之百的時間和精力。

但是，有一個我們絕對不能錯過的重要祕密，那就是不論是什麼事情，想要一開始就感到快樂並不容易。努力的人雖然無法戰勝樂在其中的人，但是如果不開始努力，便永遠無法進入樂在其中的階段。因此，想要快樂學習，還是需要努力。

「傾聽」也是一種學習

朝鮮時代的許浚編撰的《東醫寶鑑》非常受歡迎，甚至傳到當時的中國和日本，即使以現代的醫學角度來看，這本書也是價值相當高的醫學著作。

許浚是怎麼編撰出如此優秀的作品呢？那是因

為他看過無數患者。他不是坐在書桌前看書而已，而是為了治好生病的人，尋找各種治療方法，累積無數經驗。在幫助許多患者找回健康的過程中，許浚的醫術也越來越精深。

而且許浚從來不會因為自己是地位高的太醫而驕傲，即使是普通人的醫學知識，他也願意傾聽。因為當時的朝鮮民間大夫有許多代代相傳的治療方法，如果許浚無視或看輕這些人，他的醫術也不可能有機會更上一層樓。

他十分努力，前後花了十五年才撰寫完成《東醫寶鑑》。許浚為了這本書嘔心瀝血，他放下身段，直接去治療病患和願意傾聽他人話語的謙虛態度，更加令人佩服。

NOTE

第七章

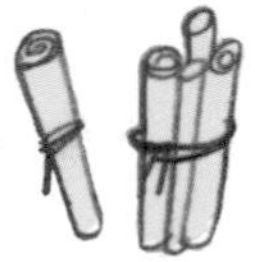

打開美好人生的鑰匙

很多的工作，乍看之下，好像跟讀書學習無關。想成為廚師的同學、想當藝人的同學、還有想成為遊戲開發人員的同學……如果是這些情況，還需要「學習」嗎？其實不管選擇做什麼工作，或是要過怎樣的人生，學習都可以為我們引導方向。

夢想成為廚師的小華

小華喜歡料理，如果媽媽因為工作晚下班，她也不會隨便買外食，而是自己動手做。

雖然媽媽常常對自己無法做飯給小華吃而感到抱歉，但小華其實很開心偶爾有機會下廚。前幾天，她還成功的做出了好吃的雞蛋捲。

小華的夢想是成為廚師，不過，小華覺得媽媽不會贊同自己的夢想，所以一直都沒有告訴媽媽。

今天，小華又幫媽媽準備晚餐，媽媽說：「哇，我們小華真的很喜歡烹飪呢！如果讀書也能夠這樣認真的話，該有多好？」媽媽邊拌著豆芽菜邊說。

「我想當廚師，不用讀書吧？」小華說。

「誰說想當廚師就不用學習？」媽媽反問。

「我不是不想學習，而是廚師只要很會做菜就好了，所以我只要學做菜就可以了，不是嗎？」小華解釋。

媽媽說：「廚師並不是很會做菜就可以！如果希望廚藝精湛，也需要學習各種東西，而且也會希望愉快的做其他事情。因此，能夠學習其他東西不是更好嗎？甚至還有可能成為像傑米・奧利佛那樣的名廚，他不只是在廚房做料理，還是一位料理世界的廚師呢！」

料理世界的廚師

過去英國學校的供餐多半是一些冷凍食品或速食，但廚師傑米・奧利佛希望孩子們可以吃到既美味，又對健康有益的食物。於是，他親自到學校幫忙料理食物，沒想到大家的反應竟然是——不喜歡吃。

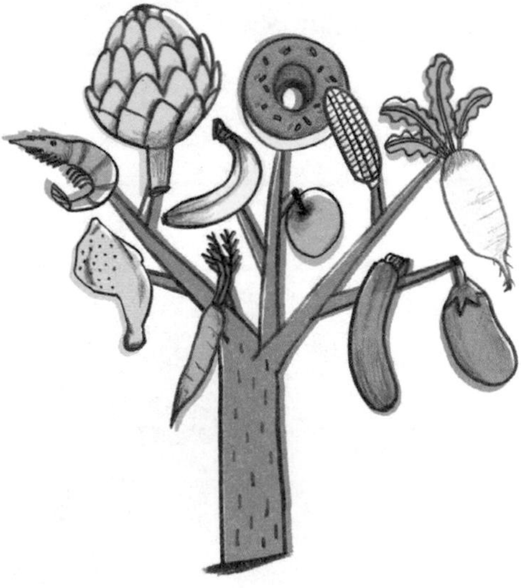

第一天，幾乎所有的食物都被丟到垃圾桶，孩子們抗議並要求吃之前的炸雞或香腸，有的孩子甚至還把吃進去的食物吐出來。

不過，傑米．奧利佛沒有因此而灰心，他繼續研究。他直接在孩子們面前用雞皮和剩下的雞肉，加上許多調味料，做成脂肪含量很高的雞塊。

他跟大家解釋：「這就是你們喜歡的雞塊，它們是用沒有營養的材料做的。」

接著，他又用新鮮的蔬菜跟孩子們一起做料理，讓大家開始喜歡吃對健康有益的食物。不僅身體

變得健康，甚至連考試成績也提高了，傑米的努力有了回報。最後，就連家長也一起努力，共同改變了英國學校的供餐。

很帥氣吧？通過料理也可以讓這個世界變得更美好，因為傑米・奧利佛是懂得學習的廚師。

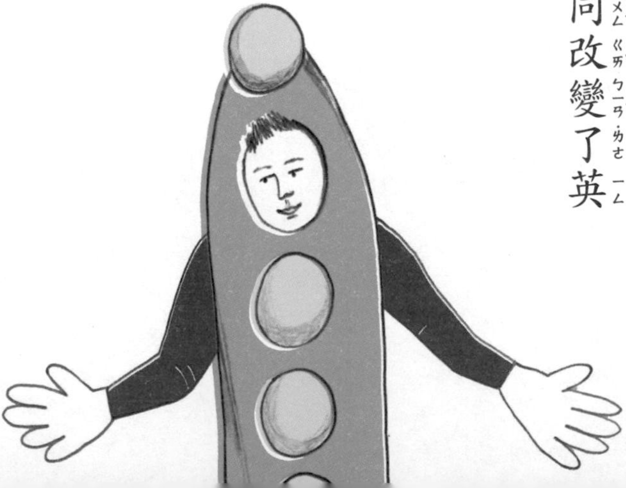

水和希望的發明家

在非洲很多地方都缺乏飲用水，因為環境被破壞，沙漠越來越多，缺水的地方也不斷增加。對於生活在那裡的人來說，取得飲用水是非常重要的事。

想要取水就必須去很遠的地方，來回路程遙遠，而且水又很重，再加上天氣炎熱，身體很容易疲累。這種辛苦的事情，天天都要做，即使是小孩子也要幫忙，必須走路到很遠的地方取水回來。

漢斯・亨特克斯是南非的建築師，他為了解決這個問題，做了很多相關研究，希望幫助人們能夠更輕鬆的取水。

最終，他發明了一個很酷的東西，那就是Q Drum。它是中間像甜甜圈那樣有個洞的塑膠水桶。

這種水桶中間用一條繩子穿過去。看起來很像是英文字母「Q」吧？因此被命名為Q Drum。

在Q Drum內裝滿水後，只要拉繩子的話，水桶就會像滾輪那樣跟著

往前轉動，不用花太多力氣就可以搬運更多的水。即使是身材矮小的小孩，也可以輕鬆的搬運七十五公升的水。Q Drum還有一個優點——價格很便宜，即使是窮苦人家也買得起。

漢斯．亨特克斯的發明幫助了許多非洲居民，並且進

一步帶來改變，過去因為需要搬運水而無法上學的孩子們，如今也可以去上學了。對於非洲的孩子來說，這是帶來水和希望的禮物。

只要努力學習就可以幫助比自己過得辛苦的人，應該沒有比這更大的成就感了吧？

治療世界的醫生

公炳禹是一位體弱多病的少年，可是這位少年立志要成為醫治許多病患的醫生，後來，他真的成為了醫生。別人不管怎麼努力，也要花四年時間才能考到的博士學位，他只花了兩年就完成了。之後，他依舊持續學習，絲毫不敢怠惰。終於在一九三八年，開

了第一家由韓國人建立的眼科醫院。

這位少年成為了韓國第一位具備成功割雙眼皮手術實力的醫生，他就是公炳禹。

公炳禹也成為首爾繳納稅金排名中，位居第四

名的眼科名醫，但他依然在沒有冷暖氣的辦公室內，吃著地瓜，持續做研究。到底是什麼研究讓他如此努力呢？

日本殖民期間，韓國失去了韓文，公炳禹決心要重新找回失去的韓文，讓人們可以重

各行各業都能「捐贈才能」

捐贈才能，是指使用個人具備的才能貢獻給社會的新型捐贈模式。不只是醫生、律師、會計師等高學歷的專業人員，廚師、理髮師、畫家、聲優等各種行業的人也可以捐贈才能。

新使用，所以每天瘋狂的研究。

經過公炳禹不懈的努力，三層式打字機誕生了。公炳禹博士發明的打字機活用了韓文的特徵和優點，至今依然受到高度評價。

公炳禹博士也特別關心和愛護盲人，為盲人做很多事情。他在首爾成立了盲啞學校，也為盲人發明了點字打字機，甚至還成立了移動醫院到全國各地提供免費治療。

一輩子對他人付出，並熱愛韓文的公炳禹博士，去世時留下的遺言，也展現出他的高貴人格。公炳禹博士遺言的第一條，就是自己的器官當中，如果能夠用到其他患者身上的就捐贈移植，剩餘的部分則捐給醫學院做為解剖教學。第二條是所有財產全部用於盲人的福祉。

學習是前往夢想的梯子

如果科學家只知道科學，但不關心世界和其他人，這樣很難有成就，也不會幸福。

科學家當然要知道科學，但是也要了解自己所生活的世界，以及遇到的人們。因為科學家除了是科學家之外，也是市民、也是一個人的家人、也是社區和世界的一分子。

不管你的夢想是什麼，不管做什麼事，現在的學習都能夠成為我們一輩子堅強的後盾。

學習，是我們前往夢想的梯子，同時也是我們面對難題時，尋找方法的魔法鑰匙。

相信沒有人會只想做被他人要求的事，然後平凡度日就好。我們都想要做有成就感的事，想成為重要的人，然後過得幸福。

這也是我們需要各種學習的原因，不論要做什麼事，都是希望能夠幫助這個世界變得更加美好。只要能夠像這樣共同努力的話，大家就可以一起幸福的生活。

想要被人記住的名字

諾貝爾獎是世界上最有聲望的獎項之一，是發明炸藥的諾貝爾把自身財產貢獻給社會而成立的。

諾貝爾為什麼要用自己的財產，成立諾貝爾獎呢？諾貝爾是成功的科學家和發明家，他發明炸藥之後，透過做生意成功賺到大筆金錢。

但是，在一八八八年時，諾貝爾的弟弟死亡，新聞記者卻發布了錯誤的訃聞（宣布某人死亡的報導），誤把他當成死者。諾貝爾明明還活著，卻看到自己的訃聞，感覺相當詭異。

不過，這則訃聞讓諾貝爾大受打擊：「死亡的商人，炸藥之王，阿佛烈·諾貝爾死亡。」他這時才發現，原來世界上的人是這樣看待自己。

諾貝爾是成功的科學家和商人，但是在那一刻，他突然領悟到這些並非真正的成功。因此，諾貝爾捐出自己的財產，提供獎金給對人類有所貢獻的人。

人們都希望自己的名字能夠被人記住，諾貝爾的願望達成了。現在，我們會記住那些對人類有貢獻的優秀人才和諾貝爾。

知識館005
改變孩子未來的思考閱讀系列3

小學生的自我學習教室

어린이행복수업-뭐? 공부가재미있다고?

作者　朴賢姬
繪者　朴柾銀
譯者　劉小妮
語文審訂　張銀盛（臺灣師大國文碩士）
責任編輯　陳彩蘋
封面設計　張天薪
內文排版　李京蓉
童書行銷　張惠屏・侯宜廷・林佩琪

出版發行　采實文化事業股份有限公司
業務發行　張世明・林踏欣・林坤蓉・王貞玉
國際版權　鄒欣穎・施維真・王盈潔
印務採購　曾玉霞・謝素琴
會計行政　許俽瑀・李韶婉・張婕莛
法律顧問　第一國際法律事務所　余淑杏律師
電子信箱　acme@acmebook.com.tw
采實官網　www.acmebook.com.tw
采實臉書　www.facebook.com/acmebook01
采實童書粉絲團　https://www.facebook.com/acmestory/

ISBN　978-626-349-204-2
定價　350元
初版一刷　2023年4月
劃撥帳號　50148859
劃撥戶名　采實文化事業股份有限公司
104台北市中山區南京東路二段95號9樓
電話：02-2511-9798　傳真：02-2571-3298

國家圖書館出版品預行編目(CIP)資料

小學生的自我學習教室 / 朴賢姬作 ; 朴柾銀繪 ; 劉小妮譯. -- 初版. -- 臺北市 : 采實文化事業股份有限公司, 2023.04
面 ;　公分. -- (知識館 ; 5)(改變孩子未來的思考閱讀系列 ; 3)
譯自 : 어린이 행복 수업 : 뭐?공부가 재미있다고?
ISBN 978-626-349-204-2(平裝)
1.CST: 學習方法 2.CST: 自主學習 3.CST: 通俗作品
521.1　112001914

線上讀者回函

立即掃描 QR Code 或輸入下方網址，連結采實文化線上讀者回函，未來會不定期寄送書訊、活動消息，並有機會免費參加抽獎活動。

https://bit.ly/37oKZEa

采實出版集團
ACME PUBLISHING GROUP